KB171441

드림 빌리지

2022학년도 천안성성중학교
책쓰기 프로젝트 동아리 <글청춘>
3학년 송은서 지음

드림 빌리지

발　행 | 2023년 1월 12일

저　자 | 송은서

펴낸이 | 한건희

펴낸곳 | 주식회사 부크크

출판사등록 | 2014.07.15.(제2014-16호)

주　소 | 서울특별시 금천구 가산디지털1로 119 SK트윈타워 A동 305호

전　화 | 1670-8316

이메일 | info@bookk.co.kr

ISBN | 979-11-410-1151-2

www.bookk.co.kr

ⓒ 송은서 2023

본 책은 저작자의 지적 재산으로서 무단 전재와 복제를 금합니다.

드림빌리지

송은서 지음

목차

chapter.1 Mr.그롬

덜컹거리는 열차 안, 잠에서 깨니 어느새 화창했던 고향 마을과는 사뭇 다른, 안개가 덮인 풍경이 보인다. 안개에 가려 창밖으론 아무것도 보이지 않게 되자 이제야 마을을 떠났다는 게 실감 나며 마음이 무거워졌다. '드림 빌리지(dream village)'. 앞으로 내가 있을 곳. 내가 살던 마을과는 훨씬 떨어진 이곳에 혼자 오게 된 난 우선 편지지에 적힌 Mr. 그롬 씨를 찾아갔다. 편지지와 함께 봉투에 들어있던 지도를 따라가니 꽤 큰 건물이 보였다. 고개를 들어봐도 안개 때문에 건물의 옥상은 코빼기도 보이지 않았다. 들어가도 되나 싶어 망설이던 그 때6 뒤에서 낮은 목소리가 들려왔다.

"죄송합니다만, 조금 비켜주시겠어요?"

무의식적으로 뒤를 돌자, 놀랄 수밖에 없었다. 수증기가 뭉친, 구름 형태의 무언가가 검은 모자를 쓴 채 둥둥

떠다니며 나에게 말을 걸었다. 잠깐 어안이 벙벙해져 있다가 아차 싶어 가로막고 있던 문을 내어드렸다. 웃는 표정의 제스처를 보이곤 그 구름은 건물 안으로 들어갔다. 수증기라 그런지 문을 안 열고도 틈 사이로 쏘옥 들어가 버렸다. 여기로 오기 전엔 구름이 말을 한다는 건 상상도 못 해 봤는데, 모자는 어떻게 쓴 거지? 당황하여 눈만 껌뻑이고 있을 때, 갑자기 앞에서 문이 확 열렸다.

퍼억-

무거운 짐을 들고 있던 난 꽤 큰 소리와 함께 휘청거리다 그대로 힘없이 문에 박았다. 밀려 넘어진 채로 위를 보니 초록색 양복을 차려입고 보따리를 두 손 가득 들고 있는 남자가 있었다.

"죄송합니다..! 앞에 계신 줄 모르ㄱ..어..?"

남자는 다급히 사과하다 말곤 쭈그려 앉아 내 얼굴을 정면으로 살폈다. 그러곤 눈을 가늘게 뜨며 고개를 갸우뚱거렸다. 뭐 하는 거야, 이건

"저기, 초면에 꽤 무례한 행동을 하고 계신다 생각하는데요."

"아, 죄송합니다. 저.. 혹시 릴리안 양, 아니신가요?"

내 이름을 말하는 그에 의심이 가려던 차에 그의 가슴팍에 있는 명찰이 눈에 띄었다.

『기프|Mr. 그롬』

"Mr. 그롬..?"
"릴리안 양! 맞으시죠!"

그롬이라 하는 그 남자는 아빠의 지인으로, 드림 빌리지에서 생활하는 데 도움을 줄 사람이라 얘기 들었었다. 아빠의 말대로 그롬씨는 나에게 내가 생활할 빌라를 소개시켜 준다고 하였다.

"아까는 정말 미안했어요, 얼굴은 괜찮나요? 사실, 역으로 마중 나가려다 시간을 착각해 버려서 급하게 나온 거였거든요."

그롬씨는 아까의 상황을 사과하시곤 머쓱하게 웃어 보였다. 그렇게 서로 대화를 이어나가며 걷자 금방 빌라가 보였다. 그리 크지 않은, 벽에 이끼가 조금씩 피기 시작한 벽돌로 지어진 건물이었다. 그롬씨를 따라 들어가자 로비로 보이는 넓은 내부와 함께 카운터가 보였다. "카테리나, 있어요?" 그롬씨의 부름에 대답은 돌아오지 않았다. 뭐지 싶어 두리번거리던 중 아무도 없는 줄 알았던 카운터 아래에서 눈을 비비며 성인 여성의 체구를 한 고양이 형상의 무언가가 나왔다. 그롬씨께서 오기로 했던 손님이라며 설명을 했지만 피곤한 기색으로 듣는 둥 마는 둥 하다가 열쇠를 하나 내주셨다.

"가요, 릴리안 양의 방은 3층이에요."

"근데 저분은.."

카운터에 있는 고양이 형상을 한 그 무언가를 가르치자 이곳의 지배인, 카테리나 씨라고 소개해 주셨다. 짧게 소개를 받고 3층으로 올라가자 양쪽 복도에 총 6개의 방이 보였다 그 중 엘리베이터에서부터 오른쪽에 있는 두 번째 방이 내가 지내게 될 방이라 소개받았다. 들어가니 정말 딱 한 사람이 지내기 좋은 크기의 방이었다.

"로비는 꽤 컸는데, 방은 아담하네요."

"1층의 방은 이곳의 5배 정도 되는 크기에요, 릴리안 양은 혼자 지내게 될 테니 가장 작은 방의 3층을 배정받게 된 거예요."

그롬 씨는 혼자 살기엔 불편하지 않을 테지만 만약 불편하다면 카테리나씨께 부탁드려 2~3인용의 2층 방으로 배정을 바꾸어 주시겠다 하셨다. 그러곤 문 옆 침대에 걸쳐 앉으시더니 보여줄 것이 있다며 양손 가득 들고 있던 짐 보따리를 푸셨다. 안엔 자그마한 돈주머니, 드림 빌리지에 관해 적어 놓은 작은 수첩과 가족사진 등이 가득 들어있었다. 부모님께서 미리 싸 보내주신 거라고 하셨다.

"돈주머니 안의 돈은 미리 환금한 돈이에요. 릴리안 양도 가지고 계신 돈 있으시면 환금해서 쓰셔야 해요."

드림 빌리지는 다른 마을과의 교류가 적은 마을이지만, 그 안에서의 사업 등으로 사람들이 모여 살기 때문에 마을 자체가 꽤나 크게 번성하였다. 그로 인해 마을 밖의 몇몇 사람들에게 드림 빌리지는 하나의 나라처럼 인식이 되어 있다. 정말 내부에서는 마을이 아닌 나라처럼 돈의 단위, 종류도 달랐고 언어 또한 쓰고 읽는 문자도 조금씩 달랐다. 물론 문자 같은 경우 다른 마을에서 사용하는 문자를 쓰는 사람도 종종 있지만 대부분은 드림빌리지 특유의 문자를 사용한다.

"그럼 출근은 내일부터 하시는 걸로 하고 오늘은 푹 쉬세요. 내일 아침, 오늘 만난 곳에서 다시 봬요."

그롬 씨께 인사를 드리고 방 안에 혼자 남게 되자 또다시 불안감에 휩싸였다. 여태 하던 일과는 전혀 다를 거라며 걱정해 주시던 이웃분들의 말씀을 떠올리며 그롬씨가 남겨 준 《드림빌리지》라 써 있는 수첩을 펼쳐 보았다. 수첩에는 직접 그린 것 같아 보이는 삐뚤삐뚤한 그림들이 빼곡하게 그려져 있었다.

첫 페이지를 열어보니 마을의 지도로 보이는 그림이 나와 있었다. 드림빌리지는 크게 북쪽으로는 ' 길몽 구역 ', 남쪽으로는 ' 악몽 구역 '이라고 분류되어있다. 나와 그롬씨가 일하는 곳은 ' 악몽 구역 '의 가장 큰 건물인 { 악몽 제작소 }이다. 솔직히 수첩에 악몽 제작소 외의 건물은 알아보기 힘들 정도로 작게 그려져 있어 지리를 알기엔 많이 부족했다. 그래도 드림빌리지의 지도는 이미 고향 마을에서도 알아보았기 때문에 그 부분에 대한 걱정은 없었다.

두 번째 장엔 같이 일하게 될 분들의 프로필, 세 번째 장엔 내가 해야 할 일들의 목록이 나와 있는 것 같았지만 아무래도 그롬씨께서 쓰신 문자는 내가 살던 마을과 사용하던 문자가 다르다 보니 전혀 알아들을 수가 없었다. '빨리 이곳의 문자를 익히긴 해야겠구나. 이래선 생활이 힘들겠어.'

chapter.2 첫 출근

이른 아침, 출근 준비를 마치고 방을 나서자 엘레베이터 앞에 사람이 서 있는 것이 보였다. 어제는 경황이 없어 이웃 분들께 인사를 못 드렸는데. '잘 됐다'라고 생각하며 인사를 드리려 다가갔다. 내 움직임에 센서등이 켜지자 난 당황을 금치 못했다. 도저히 사람이라곤 생각하기 어려운 모습이 눈에 비쳤다. 가까이 다가가자 확신이 섰다. 여우.. 여우의 형태다. 분명 사람의 옷을 입고, 두 발로 서 있지만 저 꼬리, 저 귀는 분명 여우의 것이다. 그 때, 인기척을 느꼈는지 그 여우가 뒤를 돌더니 다가왔다. 순간 굳어서 가만히 서 있는 것 외에는 아무것도 할 수가 없었다. 그 여우는 다가와선 웃으며 말을 걸었다.

"어제 이사 오신 릴리안 양이군요! 반가워요."

생각한 것과 전혀 다르게 여우씨는 반갑게 나를 맞아주었다. 여우씨는 자신을 '나탈리아' 라 소개하였다. 드림 빌리지에 여러 종이 살고 있다는 걸 머릿속 한 편에는 알고 있지만, 정작 마주치면 몸이 굳어버리는 것 같다. 하지만 그럴 만도 한 것이 내가 살던 고향 마을에는 사람만이 살고 있었기에 카운터에 계시는 카테리나 씨나 나탈리아 씨 같은 분들을 마주하면 매번 당황하게 된다. 어서 이런 것에도 익숙해져야 할 텐데.. 드림 빌리지에서의 생활이 막막하게만 느껴진다. 나탈리아 씨께 인사드리고 바로 그롬 씨를 찾아 나섰다. 어제 본 지도를 따라 건물에 도착하자 이번엔 그롬 씨께서 미리 마중을 나와 나를 기다리고 계셨다.

"안녕하세요, 그롬 씨. 일찍 나오셨네요."

인사를 드리고 그롬 씨의 안내를 받아 내가 앞으로 일할, { 악몽 제작소 }로 이동했다.

"저는 당연히 처음 만난 그 건물이 제가 일하게 될 건물이라 생각했어요. 건물이 크기도 했고 지도에서 그곳으로 안내가 되어있었기에."

그롬 씨의 말에 의하면 그곳은 물품을 보관하는 창고로, 그롬 씨는 그곳에 잠깐 들려 물품을 가져다 두고 나를 마중 온 것이라 했다. 악몽 제작소는 그 건물보다 훨씬 크고, 악몽 구역의 중심지에 위치해 있다고 한다.

얼마 지나지 않아 도착을 한 그곳은 건물 하나에 크기별로 다른 문이 5개나 있는 곳이었다.

"이곳은 여러 종이 모여 사는 곳이니 손님과 직원들에게 맞게 제작 된 거에요. 저희는 세 번째 문을 이용하면 돼요." 긴장한 채로 건물 안에 발을 들이자 환한 조명이 비춰주었다. 그곳에는 정말 많은 사람들이 바삐 움직이고 있었다. 내부는 정말 실내라는 게 믿기지 않을 정도로 넓었고 물건들도 크기 별로 다양하게 배치되어 있었다. 그롬씨 말로는 자신은 보통 1층과 2층에서 일을 보고 난 3층에서 일을 맡게 될 것이라 하였다.

"그롬 씨께서는 무슨 일을 하시기에 두 층이나 이용하세요?"

"아, 저는 '기프'에요. 명찰에 기프라 적힌 사람들은 전부 이곳에서 안내원을 맡고 있죠. 보통 이곳 손님들은 1층과 2층을 사용하시기에 그분들의 안내를 맡습니다. 릴리안 양의 일은 위에 3층 분들께서 설명해주실 거예요."라고 하곤 일이 있다며 3층으로 가보란 말과 무슨 일 있으면 부르란 말만 하시곤 뛰어가셨다. 결국 혼자 3층까지 가 복도에 배치되어 있는 데스크에 들렸다.

"저기 이번에 새로 온 릴리안이라 하는데요, 혹시 어디로 가야 하는ㅈ.."

″아, 릴리안 양!!″

내 말이 끝나기도 전에 뒤에서 내 이름을 부르는 소리
가 들렸다. 뒤를 돌아보니 고양이 귀를 가진 한 남성이
두 손 가득 상자와 종이들을 쌓아놓곤 뛰어오고 있었다.
″어서와요, 릴리안 양. 기다리고 있었어요. 절 따라오시면
돼요″

서로 인사할 시간도 없이 바삐 어두운 복도를 지나가자
큰 방이 나오더니 다섯 명쯤 되어 보이는 소수의 인원이
정신없이 움직이고 있었다. 날 데리고 온 남성은 손에 들
고 있던 짐을 내려놓곤 말했다.

″소개가 늦었군요. 저는 이곳, ″어벗″을 관리하는 관리인, ′
아르세니′ 라 합니다.″
″ ′어벗′이요..? ″
″ 이곳에선 각기 다른 역할이 있어서, 여러 직명이 존재해요.
어벗은 그중 하나고요. 이곳에서 일하는 사람들은 자신의 명
찰에 자신의 담당, 즉 직명을 써 놓죠. 아, 릴리안 양의 명찰
은 오후 쯤에 나올 것 입니다.″
그러자 바로 어제 봤던 그롬 씨의 명찰이 떠올랐다. 『기프

『Mr.그롬』. 기프가 그롬 씨의 직명이랬지.

아르세니 씨께서 지금은 다들 한창 바쁠 시간이라며 서로의
소개는 점심시간 때 하자고 하셨다. 결국 같이 일하게 될 분
들과는 말 한 번 못 나누고 바로 일을 하게 되었다.

　내가 하게 된 일은 서류들을 분류해 책장에 정리하는 것
이었다. 생각했던 것과 다르게 너무 간단해 보이는 업무 내
용에 조금 안심했었다. 하지만 정리 해야 하는 서류들의 양
을 보자 당황스러웠다. '오늘 안에 끝낼 수 있을까'부터 '이
걸 언제 다 보고 정리하지' 나는 이런저런 잡생각에 잠긴 채
로 업무를 시작했다.

　직원들처럼 보이는 사람들은 옆 방에서 서류를 작성하거
나 책을 찾고, 밖으로 나가 무언갈 계속 옮기는 것 같았다.
나는 바로 옆 좁고 높은 방에서 서류들을 하나하나 읽고 있
었다. 서류라는 단어의 어감은 약간 전문적이고 어렵게 들렸
지만, 이곳에 쌓인 서류의 내용만큼은 정말 재미있었다.

　서류의 내용들은 거의 대부분이 악몽에 대한 이야기였
다. 사람의 이름 옆에 시간을 나타낸 것처럼 보이는 숫자

와 그 사람이 꾼 악몽의 내용이 적혀 있었다.

━━━━━━━━━━━━━━━━━━━━━━━━━━━━━━

이리나 ｜ am. 1:32~3:47 ｜〔폐가 체험〕 친구들과
　　　　　　　　　　　　　　숲속에 있는 폐가......

─────────────────────────────

　이 서류의 내용은 이리나라는 사람이 꾼 악몽에 대한
이야기이다. 이 꿈을 꾸었을 이리나라는 아이는 학교 친
구들과 폐가 체험을 가게 되었다고 한다. 그곳에서 각종
희한한 모습을 한 물체라던가 몰래몰래 쫓아오는 낡은 인
형 등이 묘사되어 있었다. 이 아이의 꿈속에 나왔을 인
물, 사건 등이 정말 사전 못지않게 자세히 나와 있었다.

　이 외에도 다른 사람들의 정말 다양한 이야기들이 있었
다. 몇 몇개는 드림 빌리지의 언어로 쓰여 있어 내용을
전부 알진 못했지만 최대한 알아볼 수 있는 것들은 하나
하나 읽어보며 살피고 있었다. 그렇게 계속 앉아서 서류
들을 보고 있었을 때,

"뭐야, 의외로 한가해 보이네?"

문 앞에서 남성의 목소리가 들려왔다. 고양이 귀에 푸르고 고아보이는 털을 가진 그 남성은 밖에 있는 직원들의 옷과 같은 옷을 입고 있는 그 남성의 명찰엔 '어벗'이라 쓰여 있었다. 같이 일하게 될 사람 중 한 분이신가 보다.

"아, 안녕하세요. 이번에 오게 된 릴리o.."

내 인사가 끝나기도 전에 그 남자는 내가 읽고 있던 서류를 훑더니 바로 상자 안에 넣기 시작했다.

"난 바르코프야. 아르세니가 널 좀 도와주란다."

자신을 바르코프라 설명한 남자는 정말 빠르게 서류를 분류하며 말했다.

"이건 내가 할 테니 저기 책장 먼저 정리해 둬."

결국 서류 정리는 바르코프씨께 맡기고 옆 방으로 나와 책장으로 갔다. 여태까지 정리한 서류들이나 여기저기 떨

어져 있는 책들을 책장에 정리했다. 방 한가운데 있는 책
상에는 바르코프씨를 제외한 4명의 직원분들이 계속 무
언갈 작성하고 이것저것 펼쳐보며 바쁘게 일하고 계셨다.

chapter.3 까시멥 도서관

그렇게 책장 정리가 거의 마무리 되어갈 때 즈음,
데엥- 데엥-

바깥 천장 쪽에서 종소리가 들려왔다. 놀라 뒤를 돌아보자
직원분들이 자리를 정리하고 계셨다.
"으하.., 다 끝냈어?"
"그럴리가.. 퇴근 때까지 끝낼려면 아슬아슬해"
직원분들은 서로 이야기를 나누며 함께 문 밖으로 나가고
계셨다.
"릴리안씨, 내려오세요. 점심시간이에요."

아래 같은 어벗 직원으로 보이던 갈색 머리의 여성분이
날 불렀다. 점심시간이라는 소리에 후딱 사다리에서 내려
와 직원들을 따라갔다.

"점심은 밖에서 먹는 건가요?"

"네, 건물 내에 직원들 전용 식당이 있어서 그곳에서 식사를 해요."

그렇게 방에서 나오자 건물 안에 있던 다른 방들에서 사람들이 우글우글 몰려나왔다. '어벗' 직원들의 제복을 입은 사람들을 따라 엘레베이터에 줄을 섰다. 엘레베이터가 오자 사람들은 안쪽으로 가기 위해 서로를 밀치며 들어갔다. 결국 늦게 나온 나와 바르코프씨는 다른 어벗 직원들과 같이 가지 못하고 다른 부서 직원들과 함께 다음 엘레베이터를 기다리게 되었다.

"...이거 차라리 계단으로 올라가는 게 더 빠르겠는데?"

그 말에 계단 쪽으로 가는 바르코프씨를 따라 엘레베이터와 조금 떨어진 곳으로 갔다. 먼저 올라가는 바르코프씨의 뒤에 서서 따라 올라갔다. 4층, 5층, 6층, 7층에 다다르자 직원 식당에 도착한 듯 보였다. 바르코프씨의 빠른 발걸음을 따라 올라와서 그런지 숨이 찼다. 헉헉대는 소리를 내며 바닥에 반쯤 엎어져 있을 때 바르코프씨께서 말을 거셨다. "어벗 전용 자리는 따로 마련되어 있으니 다른 데로 가지 말고 우리 직원들 있는 곳으로 가 있어."하고는 바르코프씨는 왼쪽으로 걸어가셨다. 나는 두리번거리다가 근처에 있는 어벗 직원들의 복장을 입은 사람들을 보고 그쪽으로 다가갔다.

"아, 릴리안 양!"
아까 점심시간이라 일러줬던 여성 직원분께서 내 이름을 불렀다. 가볍게 고개를 숙이며 인사했다. "이번에 새로 오게 된 릴리안 입니다."

안쪽에 앉아계시던 아르세니 씨께서 직원 소개를 해 주셨다. 점심시간을 알려주신 여성분은 '라리사', 라리사 씨 옆에 앉은 피부가 까무잡잡한 남성분은 '자하르', 마주보고 앉아 계신는 분은 '아르춈', 그 옆 여성분은 '예카테리나'라고 하셨다.

서로 이야기를 나누고 있자 바르코프씨께서 양손 가득 음식을 가지고 걸어오시는 게 보였다. 도와드려야 하나 망설이고 있자 바르코프씨께서 짜증 섞인 말을 내뱉었다

"자기 밥그릇 정도는 좀 가져가지 그러냐?"
알고 보니 그 음식들은 어벗의 직원 6명분이었다. 바르코프씨께 인사를 드리고 밥을 먹으려던 차에

"그럼 식사들 하고 보죠." 하며 아르세니씨께서 일어나셨다. 옆에 앉은 예카테리나씨께 아르세니씨는 같이 안 드시냐는 질문을 드리자 옆에 계신 아르춈씨께서 답변 해주셨다.

"아르세니 씨가 어벗의 관리인이라는 건 알고 있지? 각 부서의 관리인들은 관리인들끼리 식사를 하셔"

그 말을 듣고 뒤를 돌아보자 구석에 나이가 좀 있어 보이는 분들이 모여 계시는 게 보였다. 혹시 근처에 그롬씨도 계실까 하여 두리번거리고 있을 때 바르코프씨의 목소리가 들려왔다.

"릴리안, 점심 먹고 시간이 되면 잠깐 도서관으로 좀 와줄 수 있어?"

"잠깐, 바르코프. 그건 아르세니씨가 네게 맡긴 일이잖아!"

"일이 적당히 많아야지"

바르코프씨와 라리사씨가 투닥대며 말을 주고받았다. 나는 마침 책장 정리가 거의 마무리 되고 있던 차였기에 가겠다고 말씀드렸다. 바르코프씨는 천천히 먹고 오라고 하시곤 먼저 자리를 뜨셨다. 나는 다른 직원분들과 이야기를 나누다 같이 엘레베이터로 향했다.

"도서관은 9층으로 가시면 돼요."하곤 다른 직원분들은 3층으로 내려가셨다.

9층으로 올라가자 바로 앞에 커다란 도서관으로 들어가는 문이 보였다. 9층은 도서관 외에 아무것도 없는 것 같았다.

【까시멥 도서관】

까시멥..? 특이한 이름을 가진 도서관은 내부가 매우 깜깜해 보였기에 들어가는 걸 망설이고 있었다. 그렇게 한참을 망설이고 있을 때 입구에서 무언가가 빼꼼 나왔다. 얼굴만 내밀고 있는 작은 아이가 보였다. 궁금증에 다가가려던 순간, 그 아이가 갑자기 큰 소리로 웃기 시작했다. 웃는 모양이 약간 섬뜩해 보이는 모습에 당황한 채로 벙져있었다. 그때 그 아이의 뒤에서 익숙한 목소리와 함께 바르코프씨께서 불쑥 튀어나오셨다.

"안 들어오고 뭐해."

그 말에 후다닥 바르코프씨의 뒤에 바짝 붙어서 그곳을 달아났다. 그 아이는 내가 보이지 않을 때까지 작은 손으로 얼굴을 가리며 실실 웃고 있었다. 그 모습이 웬지 모르게 분해 눈을 한껏 찢으며 똑같이 바라보았다.

"쟤는 뭐에요?"

"우리 회사 직원."

아무리 생각해봐도 회사에서 일하기엔 너무 어려보였다. "쟤가 무슨 일을 하는데요?"
저렇게 어린아이가 서류 작업 같은 걸 할 것 같아 보이진 않았다.
"그냥, 뭐...이것저것?"
내 궁금증에 전혀 대답이 되지 않는 답변이 날아올 뿐이었다. 더이상 그 아이에 대해 물어도 만족스러운 답이 오지 않을 뿐 무얼 들어도 불쾌할 것 같아 질문을 바꾸었다.

"이 까시멥 도서관은 꽤나 크네요. 그래서, 어딜 가고 있는 거에요?"
질문이 끝나자마자 바르코프씨께서 걸음을 멈추셨다. 앞에는 아담해 보이는 방이 하나 있었다. 저 구석도 아니고 도서관의 정중앙에 위치 해 있는 방은 왜인지 이끼같은게 많이 껴있었다.

"도서관의 다른 곳들은 다 깨끗한데 여기는 왜 이렇게 이끼라던가...엄..뭔가 그, 분위기가 좀 다르네요?"
바르코프씨가 문 앞에 놓여 있는 수레 안 책들을 살펴보며 말했다. "...감성자극? 굳이 왜 이렇게 해놨는지는 나도 몰라. 안에 있는 할아범에게 직접 물어보던가"

안에 있는 할아범..? 질문 할 새도 없이 바르코프씨는 책을 다 살폈는지 바로 문을 열어버리셨다. 문을 열자 그곳에는 진짜 어떤 할아버지께서 계셨다. 푹신해 보이는 의자에 앉아 무언갈 끄적이시던 할아버지께서 바르코프씨를 보자마자 활짝 웃으셨다.

"왔구나, 바르코프. 올 시간이 한참 지나 오늘은 어벗 직원들이 안 오는 줄 알았단다."

바르코프씨와 할아버지 사이에 잠깐의 말장난이 오갔다. 바르코프씨는 나를 어벗의 새로운 직원이라 소개 해 주셨다. 그렇게 잠깐 인사를 드리고 바로 할일을 알려주셨다.

"여기, 이번에 쓴 것들이란다. 문 옆에 있는 뭉텅이로 묶어놓은 책들은 중앙도서관으로 가져가고 지금 준 종이들은 어벗의 예카테리나에게 가져다주렴."

그 말을 듣고 나와 바르코프씨는 그 방을 나왔다. 우리 둘 다 양손에 두꺼운 책들을 쌓아놓고 엘레베이터를 기다렸다. 조금의 침묵이 흐르고

"결국 이끼에 대해선 안 물어봤네?"

"아."

깜빡했다는 말과 조금의 실없는 대화를 끝으로 이번엔 내가 업무에 대한 질문을 했다.

"그나저나 이 책은 중앙도서관으로 가져 가야 한다고 하셨죠. 이 건물에 도서관이 하나 더 있나요?"

"아니, 꿈 제작소를 나가서 조금 걷다 보면 도서관이 하나 더 나오는데 그 도서관이 중앙도서관이야."

"...네?"

이 무거운 짐을 들고 밖을 돌아다닌다 생각하니 따라온 게 후회되었다. 결국 지하로 통하는 길을 따라 갔다. 좁고 어두운 통로는 정말 영화에서나 나올법한 느낌이 들었다. 큰 키가 아닌 데도 불과하고 고개를 숙이지 않으면 들어갈 수 없을만큼 좁았다. 결국 엉금엉금 기듯 중앙도서관으로 도착했다.

"허억..억..이런 건 줄 알았으면.. 안 따라왔을거에요"

"나는 뭐... 하고 싶어서 한..것처럼 보이냐? 여기 털 잔뜩 엉킨 거 안 보여!?"

둘 다 가쁜 숨을 내쉬며 책만 내려놓고 터덜터덜 돌아갔다. 만약 길도 멀었다면 정말 바르코프씨만 두고 집으로 도망갔을 것이다. 돌아가자마자 바르코프씨는 책상에 앉아 한숨 한 번을 쉬시고 바로 업무를 보기 시작했다. 책장 정리를 끝낸 나는 예카테리나씨께 할아버지께 받은 서류를 건네주고 나선 무얼 해야 할지 몰라 구석에 조용히 앉아 있었다. 얼마 지나지 않아 문밖에서 아르세니씨의 목소리가 들려왔다.

"바르코프, 릴리안 양을 데리고 중앙 도서관에 갔다 들었는데 생각보다 빨리 오셨군요. 릴리안 양도 수고하셨어요."
아르세니 씨는 우리 둘에게 수고했단 인사를 하신 후 나를 따로 부르셨다.

"릴리안 양은 잠깐 따라와 주시겠나요? 제복과 명찰이 나왔답니다."

chapter.4 어벗의 일

아르세니씨를 따라 제복을 받으러 갔다. 엘레베이터를 타고 8층의 창고 같은 곳을 빠져나가니 옷들이 엄청 많은 곳에 도착하게 되었다. 허공에는 실밥 같은 것들이 날아 다니고 여기저기 움직이는 사람들의 그림자가 보였다. 그 중 아르세니씨께서는 주변을 둘러보시더니 바로 잘 개어진 제복과 내 이름이 적힌 명찰을 찾아주셨다.

"직접 보니 옷이 좀 클 수도 있을 것 같네요. 한 번 입고 나와보시겠어요?"
뒤에서 재봉사 옷차림의 털복숭이 비버가 말을 했다. 그걸 시작으로 "소매를 줄이고 신발 사이즈를 다시 체크해야 한다"는 등 뭐라고 중얼거리기 시작했다. 나는 재봉사분의 안내를 받아 안에 있는 작은 탈의실에서 환복을 하였다. 하얀 셔츠와 빨간 치마, 가슴팍에 노란 명찰을 달고 거울을 확인한 후 천천히 나왔다.

"소매가 조금 길어 보이긴 하지만 불편하진 않으시죠? 불편하신 부분이 있으시면 다시 여길 찾아와 주세요"

재봉사분은 많이 바쁘신지 명함 한장을 손에 쥐어주시곤 바로 들어가셨다.
"잘 어울리시네요. 그럼, 저희도 다시 돌아갈까요?"
아르세니씨의 정중한 물음에 웃음으로 대답하고 같이 돌아가게 되었다. 엘레베이터를 기다리던 중 문득 생각이 들었다. '어벗 사람들은...무슨 일을 하는 거지?' 여태 악몽 제작소에 들어와서 내가 한 거라곤 책장과 서류 정리, 도서관 책들 옮기기 뿐이었다.

"저기, 아르세니씨. 어벗 사람들은 정확히 하시는 업무가 뭔가요? 저는 앞으로 제가 오늘 한 일들만 계속 해야하는 건가요?
"아뇨, 릴리안양. 어벗은 보통 어떤 사람에게 어떤 꿈을 꾸게 할지, 누가 무슨 꿈을 꾸었는지 등을 기록합니다. 릴리안 양께서 오늘 정리하신 서류들은 전부 어벗 직원들이 정리한 자료지요."
"그럼 저도 앞으로 그런 일을 하게 되는 건가요?"
"네, 하지만 걱정 마세요. 아직 이곳에 오신 지 얼마 되지도 않으셨으니 지금 당장 그들처럼 업무가 많진 않을 겁니다."

대화가 끝나자 3층으로 도착하였고 아르세니 씨께서는 다른 일이 있으시다며 1층으로 내려가셨다. 다른 직원들에게 내가 해야 할 일들을 알려두었다며 라리사씨에게 가보란 말을 끝으로 아르세니씨와는 헤어지게 되었다.

어벗 직원들이 있는 방문을 열자 라리사씨가 바로 날 부르셨다. "제복 맞추셨네요. 잘 어울려요"
그러곤 내 책상으로 안내 해주셨다. 내 자리는 라리사씨의 바로 옆자리였다. "음.. 우선 정리해야 할 서류와 다 정리된 서류를 드릴게요. 정리된 서류를 보고 한 번 반 장 정도만 직접 정리해 보시겠어요?"
"아, 저기 그.. 제가 아직 드림 빌리지의 언어는 익히지 못해서.."
라리사씨께서 아차 싶은 표정으로 다가오셨다.
"그걸 생각 못 했네요. 다른 마을에서 오셨다 하셨죠? 서류를 정리할 땐 편하신 언어로 쓰셔도 되세요. 여기 직원분들 중 몇몇도 드림빌리지의 언어를 잘 안 쓰시는 분들도 계시거든요. 그럼 알아볼 수 있으실만한 서류로 다시 가져다드릴게요."

라리사씨의 말에 안심하며 자리에서 서류를 기다렸다. 오전에 봤던 서류들의 언어가 이것저것 섞여 있던 건 직원들 사이에 다른 마을 언어를 사용하시는 분이 있어서였구나 싶었다.

얼마 지나지 않아 라리사씨가 돌아오셨다. 하지만 라리사씨의 표정이 좋지 않았다. 뭔가 곤란한 일이 생겼나보다.

"릴리안씨, 웬일인지 오늘 들어온 서류들 중 릴리안씨께 드릴 서류가 마땅한 게 없네요."아...아무래도 서류들이 드림 빌리지의 언어로 쓰인 모양이다.
"그럼 저는 뭘 하면 되죠..?"

내 말에 라리사씨께서 조금 망설이시다가 입을 여셨다. "그럼 혹시 오늘은 몇몇 도서와 재료들만 조금 가져와 주실 수 있나요?"
"재료요..?"
"원래 아르촘씨께서 오늘 가져오기로 하셨는데 몸이 안 좋으신지 먼저 가버리셔서요."

무언갈 가져와 달라는 부탁에 조금 의아했다. 업무만 처리하는 게 아닌가? 재료라니, 무얼 직접 만드시는 걸까? 이런저런 의문에 휩싸였지만 그것도 잠시 딱히 내가 할만한 일이 없는 모양이라 수락하였다. 라리사씨는 지도 하나를 주시더니 손으로 짚으며 해야 할 일을 알려주셨다. 우선 아까 갔던 9층의 까시멥 도서관에 가 리스트에 적힌 책들을 가져와달라는 부탁을 받았다. 그 뒤에는 11층의 창고로 가야하는 모양이다. 그곳에서 '어벗에서 왔다'고 하면 필요한 물건을 주실 것이라 하셨다.

"그럼 할 일은 그게 끝인가요?"
"네, 하지만 그리 금방 끝나진 않을거에요. 천천히 다녀오세요"

라리사씨의 말씀을 듣고 바로 출발하려던 때 자하르씨께서 날 불러 세우셨다. "릴리안 양, 도서관에 가는 거라면 디팽할아버지께 이 서류 좀 가져다 주시겠어요?"

디팽할아버지라는 말에 아까 바르코프씨와 봤던 할아버지가 떠올랐다. "도서관 중앙에 계시는 할아버지 말씀이시군요? 가져다드릴게요."그렇게 어벗 직원분들께 인사를 드리고 나왔다. 우선 9층으로 가 디팽 할아버지를 만나러 갔다.

　도서관의 중앙으로 걸어가 할아버지께서 계시는 방문을 조심히 두드리고 들어갔다.
"할아버지, 어벗에서 왔어요."
그 말에 할아버지는 반가운 듯 말씀하셨다.
"오늘 왔던 신입이 아닌가! 릴리안이랬지? 그래, 무슨 일이니?"
자하르씨께서 전달해 달라는 서류를 할아버지의 손에 쥐어드렸다. 할아버지는 눈이 침침하신지 종이를 유심히 보시더니 금새 얼굴을 찌푸리셨다.
"저런, 내가 큰 실수를 한 것 같구나."

　그 말에 나가려던 발이 멈췄다. 그러곤 할아버지께 무슨 일이냐고 물었다. 원래 할아버지께선 사람이 꿀 악몽의 시나리오를 짜신다고 한다. 그 사람이 그날 무슨 일이 있었고 무엇을 무서워 하는지 등을 고려해 이야기를 만들어내시는데 두 아이의 꿈 내용이 서로 바뀌었나보다. 아이가 꿈을 꾸기 전에 내용을 다시 고쳐야 한다며 굉장히 다급해 하셨다.

　솔직히 그게 그리 큰 실수인가 싶었지만 할아버지의 표정을 보니 그 말은 차마 드릴 수가 없었다. 그 일로 할아버지께서 꽤나 바쁘게 움직이시길래 조용히 인사만 드리고 나왔다.

"자...자하르씨 일은 끝냈으니 다음은.. 책을 찾아야겠다."

리스트에는 총 6권의 책이 쓰여 있었다. 리스트를 살피며 천천히 책을 찾아보는데 도서관이 얼마나 넓은지 체감상 30분은 지난 것 같은데 찾아야 할 책은 한 권도 찾질 못했다. 힘들어서 주저앉아 있을 때 공중에 장갑 한 쌍이 수레를 끌고 다니는 게 눈에 띄었다. 깜짝 놀라 다시 확인 해 보자 가슴팍 위치에 노란 명찰이 하나 보였다.

chapter.5 츄레빗

우선 도움이 간절했기에 단혹감을 숨기고 수레쪽으로 가까이 다가갔다. 그 수레를 끌던 장갑이 움직임을 멈추고, 앞을 향해 있던 명찰이 내 쪽으로 기울었다. 아무래도 내 쪽으로 몸을 돌린 모양이다.

"저기, 어벗에서 왔는데요.."

"아, 네! 무엇을 도와드릴까요?"

생각보다 더 앳돼 보이는 남자 아이의 목소리가 들려 왔다. 명찰을 자세히 보니 '츄레빗' 이라 써 있었다.

『츄레빗|Mr. 안야』

질문의 내용으로 생각해 보면 아마 이 아이는 까시멥 도서관의 사서를 맡고 있는 모양이다.

"여기 이 리스트에 적힌 책들을 찾고 있는데요."

"아.."

그 말에 아이가 당황한 기색을 보였다. 리스트를 건네주자 계속 어버버 거리기만 할 뿐 책의 위치를 모르는 것 같아 보였다. 곤란해하고 있을 때 이번엔 뒤에서 여성의 목소리가 들려왔다.

"손님, 그건 제가 도와드리죠."
고개를 돌리자 한 중년의 여성이 서 계셨다.
"까시멥 도서관의 사서. 츄레빗, 마리아 입니다."
『츄레빗｜Ms. 마리아』

자신을 마리아라 소개한 여성은 안야에게 리스트를 건네 받곤 나에게 따라오라 손짓했다. 그 여성은 안야와는 다르게 진짜 사서 같은 모습이 풍겨 나왔다. 지적이여 보이며 뭔가 엄청 어른스러운 느낌이었다.

"저기, 안야 씨께서도 이곳의 사서인 거지요? 명찰에 츄레 빗이라고..."
"네, 하지만 안야씨게선 오신지 얼마 안 되셔서 아직 이곳 도서의 위치를 정확히 알지는 못하답니다. 여기,"
여자는 그렇게 말하곤 금방 책 두 권을 찾아 건네주셨다. 오래 지나지 않아 금방 6권의 책을 모두 찾아주셨고 그대로

가지고 나가려던 참에
"손님, 잠시만요"

　마리아씨께서 나를 불러 세우셨다.
"대출 카드를 보여주시겠습니까?"

　순간 아차 싶었다. 온지 하루 된 나는 제복도 명찰도 방금
막 받은 참이다. 대출 카드를 발급 받았을 리가 만무했다.
당황하여 굳어있자 마리아씨께서 말씀하셨다.

　"대출 카드가 없으시다면 저기, 안야씨께 가셔서 발급 받
으시면 되세요. 오래 걸리진 않을 겁니다."
그 말을 듣고 더 늦기 전에 가야 한다는 생각에 안야씨를
찾아나섰다.

　구석에서 책을 정리하고 있던 안야씨께 가, 대출 카드를
발급 받고 싶다 하자 반대편 구석의 방으로 안내받았다. 그
방은 사람 5명이 있으면 꽉 찰 정도로 비좁았다. 문 옆엔 사
진기로 보이는 물체가 있었고 반대편엔 대기석처럼 보이는
낡은 소파가 있었다. 또한 데스크와 낡은 커튼으로 가린 공
간이 조그맣게 있었다.

"여기, 이것 좀 작성 해 주시겠어요?"

안야씨께서 펜과 종이를 건네주셨다. 그 종이에는 자신의 이름과 자신이 소속돼 있는 부서의 명칭 등을 적는 칸이 쓰여 있었다. 바로 작성을 해 안야씨께 전해 드리자 한 번 쓱 살피는 듯 보이다가 커튼 안으로 들어가셨다. 조금 기다리고 있자 이번엔 커튼 안에서 필름처럼 보이는 걸 가져오시더니 내 손을 잡아 당겼다.
"이번엔 카드에 들어 갈 사진을 찍어주셔야 하세요."

문 옆 사진기 쪽으로 걸어가 나를 의자에 앉혀두시곤 카메라의 초점을 맞추셨다. 찍는다는 말과 통시에 카메라에서 플래시 빛이 나오더니 필름에서 내 사진이 나왔다. 안야씨는 그 사진을 들곤 다시 커튼 안으로 들어가셨다. 이번엔 아까와는 달리 조금 오래 걸리는 안야 씨에 소파에 앉아 빌릴 책들을 살피고 있었다. 라리사씨께서 주신 리스트에 적힌 책은 총 6권이었다.그 중 가장 위 쪽에 있는 책을 집었다.
「악몽이 필요한 아이들」

그 책에는 오전에 봤던 서류와는 다르게 악몽에 대한 내용이 아니라 의미를 모르겠는 년도와 날짜, 사람의 이름 같아 보이는 단어만이 쓰여있었다. 더 찾아본 3권의 책의 내용은 거의 비슷하였다. 나머지 두 권의 책은 그래도 악몽에 관한 이야기가 쓰여 있는 것 같았지만 드림 빌리지의 언어였기에 아예 읽지도 못 하였다. '까시멥 도서관에 글자를 배울 만한 책은 없으려나?'

그 생각을 끝내자마자 안야씨께서 나오셨다. 손에 들린 작은 플라스틱 재질로 보이는 종이를 나에게 넘겨 주셨다. 그 종이엔 나의 사진과 이름 등이 적혀 있었다.

"도서 대출량은 딱히 한정되어 있진 않지만 한번 빌린 책을 다시 반납 전까진 다른 책을 빌리는 것은 규정상 금지되어 있어요. 오늘부터 해서 이 대출 카드의 유효 기간은 10년까지에요. 10년이 지나면 다시 발급 받으셔야 하세요."

안야씨께 설명을 듣고 나서 바로 책을 대출 받으러 갔다. 마리아 씨께 인사드리고 나와 시간을 보자 벌써 2시간이나 지나있었다. 우선 책이 무거웠기에 3층에 가서 책을 두고 나와야 겠다 싶어 엘레베이터를 탔다. 조금 가다가 7층에서 엘레베이터가 멈춰 섰다. 사람이 탈 것 같아 옆으로 조금 이동하려던 차에 익숙한 목소리가 들렸다.

"어? 릴리안 양?"

그롬씨였다.

"도서관에 갔다 오셨나 봐요?"

당황스러움과 반가움에 그롬씨를 반겼다. 나는 그롬씨께선 어딜 간 것이냐 물었다. 그롬씨께선 '쉘룸'들을 7층에 데려다 주었다고 하셨다. '쉘룸'은 내가 도서관에서 처음 만났던 그 작은 어린아이라고 한다. 워낙 장난끼가 많아 건물을 돌아다니며 사고를 치고다닌다고 한다.그런 애들이 도데체 무슨 일을 한다고 하는 거지?

얼마 지나지 않아 3층에 도착하고 그롬 씨와 헤어졌다. 곧바로 어벗방에 들어가 라리사씨께 책을 건네드렸다.

"제 대출카드를 빌려드리는 걸 잊었는데, 새 대출 카드를 발급 받으셨나보네요. 근데 혹시 제가 말한 재료들은..."

"아, 책이 무거워 놓고 가려고 먼저 왔어요. 바로 갔다 올게요."

라리사씨의 말씀에 괜히 눈치보며 결국 쉬지도 못하고 바로 11층으로 올라가게 되었다.

chapter.6 검댕이

한숨을 쉬며 다시 엘레베이터 앞으로 갔다. 엘레베이터에 기대 11층으로 올라가는 길에 그롬 씨께서 말씀하신 쉘롬이 생각났다. 쉘롬도 그렇고 안야씨도 그렇고 다들 어려보이던 데, 이런 곳에서 일해도 돼는 건가?

바쁘게 움직여서 그런지 어깨와 무릎에서 통증을 느꼈다. 뻐근한 부분을 주무르며 흥얼거리자 금방 11층에 도착했다. 11층은 뭔가..새까만 먼지 같은 것들이 여기저기 들러붙어 있었다. 벽 사이사이나 바닥에 깔린 먼지들은 무시하기엔 양 이 너무나 많았다. 거기다 사람은 한 명도 보이지 않아 층을 착각했나 싶었지만 엘레베이터 위에는 11층이라 써있는 전 등이 깜박이고 있었다. 전혀 관리가 되지 않아 보이는 상태 에 미심쩍어 돌아가려던 참이었다.

부스럭-

쿵

뭔가를 옮기는 소리와 동시에 묵직한 무언가가 떨어지는 듯한 소리가 들렸다. 소리가 나는 곳은 먼지가 잔뜩 쌓인 벽이었다. 나는 먼지를 손으로 한 번 쓸어보았다. 그냥 보기엔 작은 실 뭉치 등이 뭉쳐진 것 같아 보였는데 신기하게도 만져보니 조금 진득했다. 손에 묻은 끈적한 먼지를 손수건으로 닦아내고 나서 벽을 바라보았다.

아직 먼지가 한참 많이 남아있긴 했지만 다른 벽과는 다른, 나무로 된 벽이 보였다. 손수건으로 조금씩 닦아내자 먼지에 가려졌던 손잡이가 보였다. 손잡이를 잡고 밀어보자 쌓인 먼지들이 조금씩 날리며 옅은 빛이 보였다.

문밖에는 아까 복도보다 훨씬 많은 먼지들이 보였다. 전등을 보자 사이사이에 먼지가 끼어 노란 불빛이 조금 꺼멓게 보였다. 먼지 속을 헤쳐나가며 사람을 찾아 보았지만 도저히 찾을 수가 없었다. 혹시나 안아씨처럼 신체가 투명할 수도 있겠구나 싶어 소리쳤다.

"혹시 누구 안 계시나요? 어벗에서 왔습니다!"
그 외침이 무의미하게 대답은 돌아오지 않았다. 이 방은 아니구나 싶어 나가려던 순간

소옥-

갑자기 발이 아래로 당겨지며 앞으로 꼬꾸라졌다. 턱을 부딪혀 아프기도 엄청 아팠지만 너무 놀라 눈물이 들어가버렸다. 분명 나 혼자 무언가에 걸려 넘어진 건 절대 아니었다. 누군가가 내 발목을 잡고 쎄게 잡아 당겼다. 발목을 확인하니 하얀 양말에 까맣고 진득한 손모양의 자국이 남아있었다. 위, 아래, 양옆을 둘러보았지만 먼지 말고는 아무것도 보이지 않았다. 순간 온 몸에 소름이 돋았다.

더 이상 있고 싶지 않은 꺼림직함에 천천히 일어나 살금살금 문으로 향했다. 손잡이를 잡고 돌릴려는 때, 이번엔 발목에서 느꼈던 감촉이 손목에서 느껴졌다. 눈물 방울을 뚝뚝 흘리면서 천천히 눈동자를 손목 쪽으로 향했다. 사방에 붙은 진득한 검정 먼지들이 마치 사람의 손 형태로 문을 여는 걸 막으려는 제스처를 보였다. 너무 놀라 손잡이에서 손을 확 떼자 다시 먼지들이 사르륵- 가루처럼 흩날렸다. 손목에는 양말처럼 검정 무언가가 진득하게 묻어있었다. 나는 분명 누군가의 장난일 것이라 생각하며 다시 한 번 소리쳤다.

"저는 어벗에서 온 릴리안 입니다..! 앞으로 나와주세요!"
겁에 질려 눈물 방울을 뚝뚝 흘리며 소리치자 안쪽에서 부스럭 거리는 소리가 났다. 그곳을 바라보자 신기하게도 그 먼지들이 알아서 길을 터 주려는 것처럼 움직였다. 안 쪽으로 가는 길을 비켜주며 벽에 붙은 먼지는 마치 안쪽으로 들어가라는 화살표 모양으로 뭉쳤다. 나는 울먹이며 안 쪽으로 들어갔다. 쌓여있는 상차들을 피하며 안으로 들어가자 여태 본 먼지들이 작고 동그랗게 뭉친 모양새로 쫄랑쫄랑 움직이고 있었다. 다른 먼지들과 다른 점이라면... 마치 사람의 눈처럼 보이는 하얀 무언가가 몸에 붙어있단 것 정도?

눈물을 닦으며 움직이는 먼지들을 바라보고 있을 때 무언가가 팔을 톡톡- 건드렸다. 시선을 아래로 두자 한 검정 먼지 뭉텅이가 팔을 길게 뻗어서 나에게 무언갈 건네고 있었다.
『매티랄│Mr. 검댕이』

"매티랄..?"
큰 방 안에서 그 한 마디가 울렸다. 당황스러워서 흐르던 눈물을 뚝 멈추고 난 그저 검댕씨를 바라보며 멍 한 표정으로 서 있었다.

chapter.7 마지막 심부름

얼마 지나지 않아 옷깃으로 눈에 맺혀 있는 눈물을 닦아내고 검댕씨께 확인 차 물었다.
"저..그러니까, 검댕씨..?
그러자 그 검은 먼지들이 다시 뭉치며 끄덕이는 제스처를 보냈다. 아무래도 자신의 명찰이 맞나보다.

"아, 안녕하세요. 어벗으로 새로 들어 온 '릴리안' 이라 합니다." 고개를 숙이며 어벗이라 소개하니 갑자기 뭉친 먼지들이 느낌표 모양으로 바뀌었다. 그러곤 황급히 상자들 사이사이로 들어가기 시작했다. 먼지 뭉텅이들이 빠르게 상자를 치고 갈 때마다 우당탕- 거리며 쓰러지기도 하고 안에 있는 물건들이 바닥에 엎질러지기도 했다. 그걸 본 검댕씨가 더욱 허겁지겁 돌아다니시자 안 그래도 부슬부슬 날리던 먼지들이 후두둑 하며 옷 여기저기에 붙기 시작했다. 당황하여 눈말데굴데굴 구르고 있자 손에 무언가 묵직한게 들렸다. 위를 보니 아까보다 훨씬 거대해진 검댕씨가 상자 하나를 손에 들려주셨다.

"이건..콜록, 어벗으로 가져가면 될까요?"
덕지덕지 붙은 먼지들 때문에 기침을 하며 물었다. 내 물음에 검댕씨는 상자 위에 붙어 있는 종이 한 장을 가리켰다. 확인하려고 고개를 돌리는 동시에 검댕씨께서 내 등을 밀며 밖으로 내보내셨다.

쿵-

검댕씨의 방에서 나오자 방 안쪽과 비교되는 환한 전등에 눈쌀을 찌푸렸다. 방 안에서는 상자를 치우시는지 무언갈 끄는 소리와 바닥에 내려놓는 소리가 들려왔다. 나는 그 소리를 뒤로하고 엘레베이터에 탔다. 한숨 돌리며 손에 들린 상자를 확인했다. 상자 위에는 검댕씨께서 주신 먼지 가득한 종이가 붙어 있었지만 이 역시 드림 빌리지의 언어였기에 금방 읽기를 포기했다.

묵직한 상자 안이 궁금하여 조금 열어보려 할 때, 엘레베이터가 8층에 멈춰섰다. 문이 열리자 악몽 제작소 회사 직원들로 보이는 분들이 세 분 정도 서 계셨다. 그중 한 분과 눈이 마주치자 당황하여 손에서 상자를 떨어뜨렸다. 다행히도 물건들이 많이 떨어지진 않은 것 같아 안도하며 빠르게 물건들을 주워 담았다. 그렇게 3층으로 가는데, 옆에 세 분이 속닥거리시는 게 들려왔다. 아무래도 내 얘기를 하는 것 같았다. 그와 함께 그게 결코 좋은 이야기는 아니란 걸 알았다. 뭐지 하며 째려 볼려는 참에 아차 하며 엘레베이터 문에 비친 내 모습이 보였다. 검댕씨의 방에서 붙은 먼지 때문에 옷은 물론 얼굴과 머리까지 까매져 있었다. 결국 고개를 숙이고 3층에 내려 빠른 걸음으로 어벗에 도착했다.

"아, 릴리안 씨 오셨..어머!"
거친 숨을 내쉬며 상자를 내려놓자 예카테리나씨께서 인사를 해 주시다 말고 깜짝 놀라셨다. 예카테리나씨는 내게 다가와 손수건을 건네주셨다.

"11층에 다녀오셨나 보네요. 검댕씨도 참. 시간 나실 때마다 먼지 좀 쓸어달라고 부탁드렸는데... 수고 많으셨어요 릴리안 양."
"아뇨, 헉- 괜찮, 아요. 그나저나 라리사, 씨는요..? 안, 계시나요?"

무거운 짐을 들고 빠르게 오르다 보니 체력이 금새 딸렸다. 예카테리나씨께 받은 손수건으로 대충 얼굴만 닦아내고 심부름을 시키신 라리사 씨를 찾았다. 예카테리나씨께선 오전에 서류 정리를 했던 작은 방을 가르키시곤 다시 업무를 보기 시작하셨다.

서재 같은 방에 혼자 계시던 라리사 씨를 조심스럽게 불렀다.

"라리사씨, 혹시 바쁘신가요? 11층에 다녀왔어요."

그러자 책을 살피고 계시던 라리사씨께서 나를 반려주셨다.

"수고 많았어요 릴리안 양. 무거웠을텐데, 감사해요. 그나저나.."

라리사 씨께선 내 제복을 보고는 무언갈 고민하는 듯 했다.

"새로 받은 제복이 많이 더러워졌네요...검댕씨 방의 먼지를 미처 생각하질 못 했어요. 어쩜 좋죠?"

그 말에 나는 웃으며 세탁하면 깨끗해 질 것이라며 괜찮다고 말하곤 잠깐 어벗 밖으로 나갔다.

주머니에 있던 작은 손수건을 가지고 옷을 털며 최대한 먼지를 떼어냈다. 하지만 보통 먼지가 아닌지 약간 진득하여 셔츠에 검은 자국이 남아버렸다. 가방 속에 구겨놓았던 코트를 꺼내 허리에 둘러매 보았다. 완벽하게 가려지진 않았지만 꽤나 그럴싸했다. 한 번 더 옷을 털고 어벗으로 들어갔다.

밖이 깜깜해진 걸 보니 퇴근시간이 다가오는 것 같은데 웬지 직원분들은 더욱 바빠 보이셨다. 눈치를 보며 조심스레 라리사씨께 다가갔다.

"저기..라리사씨..?"

"아, 네 릴리ㅇ..."

말이 끝나기도 전에 라리사씨의 책상에 놓인 전화기가 울렸다. 잠시만 기다려 달라는 제스처를 확인하고 근처에 있는 바르코프씨께 다가갔다.

"저..바르코프씨. 혹시 제가 할 만한 건 더 없을까요?"

그 말에 바르코프씨는 나를 쳐다보지도 않은 채 서류들만 보며 말씀하셨다.

"얼마 안 있으면 퇴근 시간이야. 그냥 짐 싸고 기다리고 있어. 그.. 누구냐.. 그으.. 1층의 기프 한 분이 데리러 오시는 걸로 알고 있는데"

기프란 말에 바로 그롬씨가 떠올랐다. 그러나 그렇다고 해도 딱히 할 만한게 생긴 건 아니었다. 애초에 들고 온 가방에 많은 물건이 있던 것도 아니라 그냥 앉아서 발만 동동 구르고 있었다.

주위를 둘러보니 다들 이리저리 움직이시며 종이로 된 서류들을 옮기고 사각사각 무언갈 적기도 하시고 누구와 통화하시는 건지 계속 전화기를 붙들고 있기도 하셨다. 눈치만 보며 손만 꼼지락 거리고 있을 때,

때앵-때앵-

종소리라기엔 기계음이 많이 섞인 알람음 같은 게 방 안에 울렸다. 그러자 직원분들의 움직임이 단번에 멈췄다. 갑자기 조용해진 방에 괜시리 긴장감이 퍼졌다. 하지만 그 적막이 오래가진 않았다.

"에휴-"
"난 그래도 끝났다"
"오늘은 또 누가 남을려나"
"쯧..."
하며 직원분들이 하나 둘씩 기지개를 펴시며 가져오신 겉옷이나 가방을 매셨다. 그 중 한숨을 쉬신 아르춈씨와 짧게 혀를 찬 바르코프씨께선 하시던 일을 계속 이어나갈 뿐이었다.

"뭐야 오늘도 저 둘이네? 빨리 하고 돌아가세요. 오늘부터 꽤 춥다던데."

예카테리나씨께서 먼저 인사를 하신 후 밖으로 나가셨다. 그
뒤 자하르씨와 라리사씨도 나갈채비를 마치고 인사를 해 주
셨다.

"오늘 수고하셨어요. 내일 봬요."

"릴리안 양 그럼 내일 봬요. 아마 그롬씨께서도 금방 올라오
실거예요."

라리사씨와 손 인사를 하며 나는 다시 자리에 앉았다.

chapter.8 야근

"하..."

타닥타닥

스 스윽 사각

방 안에서 두 남성이 내는 소음만이 공존하고 있다. 퇴근 시간이 벌써 15분 가량 넘어섰다. 금방 오실거라던 그룹씨의 모습은 코빼기도 안 보인다. 시곗바늘을 쳐다보며 멍 때리고만 있는 것도 이미 질린지 오래. 갑자기 피곤함이 몰려와 작은 한숨을 내쉬려던 때.

"스읍...하아아...."

크게 숨을 들이마쉬는 소리와 함께 거칠게 내뱉는 소리가 들렸다. 옆을 돌아보니 종이 서류에 얼굴을 파묻고 있는 아르쵬씨가 눈에 밟혔다. 짜증난다는 듯 머리를 헝클이며 앓는 소리를 내쉬는 아르쵬씨를 보니 괜히 죄송스런 마음이 들었다.

"저기.., 혹시 제가 뭐 도울만한 건..없을까요..?"
결국 가만히 있기 무안해져 아르춈씨와 바르코프씨를 번갈아
보며 물었다.

"아냐아냐, 괜찮아요. 우리도 금방 갈 수..있..겠죠..?"
아르춈씨께서 말 끝을 흘리며 바르코프씨를 바라보았다.
"네가 기다리는 기프가 잔업이 좀 남았댄다. 20분 이내엔 올
라오겠다네"

아르춈씨의 물음을 무시하곤 키보드를 타닥거리시며 나에
게 말씀하셨다. 아르춈씨는 자신의 물음에 대답이 안 올
거라는 걸 이미 알았다는 듯 아무 반응 없이 작업을 계속
하셨다. 나는 다시 발과 손을 꼼지락거리며 시간이 지나
기만을 기다렸다. 다 쓴 이면지로 보이는 종이에 낙서를
하며 저녁으로 먹을거리나 오늘 있었던 일을 되짚어 보고
있었다. 그렇게 얼마나 흘렀을까, 차라리 지금 조금이라
도 드림 빌리지 언어를 공부해 볼까하는 생각이 들었다.
그러나 기본적인 것 하나 모르는데 공부를 할 수 있을 리
가 없었다. 딱히 관련된 책을 가지고 있는 것도 아니었고
그렇다고 같이 있는 아르춈씨와 바르코프씨께 여쭤보기엔

너무 바삐 움직이시는 모습에 말을 걸기 어려웠다.

결국 손에 쥐인 연필만 다시 꼼지락대고 있을 때 문득 오전에 본 까시멥 도서관이 떠올랐다. 아까 들렀을 때 찾지 못했던 드림 빌리지 언어에 관한 책을 지금이라면 찾을 수 있지 않을까 싶었다. 그러나 그 생각도 잠시 벽에 붙어있는 큼지막한 시계를 보니 계속 된 딴짓으로 벌써 10분 정도 시간이 흘렀다는 것을 알아챘다. 지금 올라가 찾는다고 하여도 그 사이에 그롬씨가 오실 수도 있고 내가 찾는 책이 없을 수도 있었다. 잠깐의 고민 끝에 두 분을 조심스레 불렀다.

"바쁘신 중에 죄송하지만 혹시 9층의 까시멥 도서관엔 드림 빌리지의 언어를 익힐만한 도서가 있을까요?"
나의 물음에 잠시 침묵이 흐른 후 아르촘씨께서 시선을 서류에 맞혀놓은 채로 말씀하셨다.

"아, 아 그, 까시멥 도서관..말이군요. 아마 그곳에선..찾기, 힘들지 않을까요? 보통, 그으 서류에 관한 책이 대부분..이라" 업무를 보며 대답하시느라 말의 중간중간이 끊겨있었다. 까시멥 도서관에 없을 거란 말에 "아.." 라는 탄식 섞인 말에 다시 한번 침묵이 흘렀다.

타닥타닥

다시 한 번 방 안에 키보드 두드리는 소리만이 울리고 난 또 책상에 엎드려 고개만 휘젓고 있었다. 그러자 조금 더 지나 바르코프씨께서 입을 여셨다.

"그거에 관해선 기프였나 아르세니였나가 챙긴다는 것 같던데, 조금 기다려 봐. 둘 중 하나가 주겠지. 그걸로 부족하면 좀 멀겠지만 아까 갔던 중앙도서관으로 다시 가보던가."

그 말에 귀를 의심했다. 설마 그 좁은 지하통로로 이어진 곳? 바르코프씨가 곁눈질로 내 표정을 확인하시곤 말을 이었다.

"아까 간 통로야, 밖으로 안 나가고 좀 더 빠른 길로 갈 수 있는 길 중 하나였던 거고, 사적으로 따로 가는 길은 더 많지"

내 구겨진 표정의 원인을 알았는지 부가적인 설명을 이어나가셨다. 그렇게 침묵과 잠깐 잠깐의 시시콜콜한 대화, 작은 질문만 오가던 중 드디어 문을 두들기는 소리가 들렸다.

똑똑-

"1층의 기프, 그롬 입니다."

문이 열리자 뛰어온 듯 바람에 헝클어진 머리와 여러 짐보따리를 들고 서 계시는 그롬씨가 보였다. 드디어 퇴근을 한

다는 생각에 미리 싸 둔 가방을 들고 그롬씨에게로 뛰어갔
다.

"그럼 아르촘씨, 바르코프씨! 좋은 밤 되세요!"
나의 악의 없는 한 마디에 아르촘씨는 멋쩍은 웃음과 함께
손을 흔들어 주셨고 바르코프씨는 차마 말로 표현 할 수 없
는 혐오의 표정을 보였다.
문을 닫고 나와 그롬씨와 엘레베이터 앞에 섰다.
"와, 오늘 정말 많은 일이 있었어요. 너무 걸어 다녀서 그런
지 온 몸이 쑤시는 것 같아요."
"건물 곳곳을 돌아다니시는 것 같던데요. 이미 저희 기프
들은 대부분 릴리안씨를 봤다고 얘기하더군요. 아, 첫 업
무는 어땠나요?"
    그롬씨의 마지막 질문에 잠깐 들뜬 마음이 가라앉았다.
"음..., 말하자면 길어요." 나는 무슨 말을 해야 할지 떠올
렸다. 출근길에 만난 나탈리아씨, 회사에 들어오고 첫 업
무로 서류 정리 할 때 읽은 재미난 꿈 이야기, 도서관에
서 만난 디팽 할아버지와 츄레빗, 11층의 검댕씨 등등.
오늘 하루 여기저기 바쁘게 돌아다니며 만난 개성 있는
직원분들 이야기를 하나하나 하자면 아마 집에 도착해서
도 이야기가 끝내지 못할 것이다.

나는 집으로 가는 길을 천천히 걸어가며 오늘 있었던 일을 하나하나 자세히 설명해 갔다. 이제 막 11층의 검댕씨 이야기를 꺼내려던 차에 그롬씨께서 발을 멈추셨다. 의아하여 그롬씨를 쳐다보자 나를 바라보며 웃고 계셨다. 앞을 바라보니 어느새 내가 지낼 빌라에 도착해 있었다. 아직 다 하다 못한 이야기들을 생각하며 멋쩍은 웃음을 지었다.

"릴리안 양이 그래도 즐겁게 지내신 것 같아 기쁘네요. 솔직히 처음엔 걱정이 많았어요. 지방에서 살던 분들이 이곳에 오셔 오래 머무르신 경우를 많이 보지 못 했거든요. 아시겠지만 문화나 언어, 심지어 화폐까지 다르다 보니 이곳에 오신지 하루만에 드림 빌리지를 떠나시는 경우도 허다했어요. 그래도 릴리안양이라면 금방 적응하실 수 있으실 것 같네요."

그롬씨는 잠시 말을 멈추고 들고 계시던 보라색 보따리를 내 손에 쥐어 주셨다.
"오늘 일어난 일들은 아마 전에 살던 고향에선 겪어보지 못했던 일이었을 거라 생각해요. 릴리안양의 부모님께서도 궁금해 하시지 않을까 싶네요. 제가 말씀드리는 것보다는 릴리안양이 직접 들려주는 편이 좋을 것 같아서요. 안에 작은 책이 하나 있을 텐데 그건 제 선물이에요. 그럼 내일 다시 봬요."

그렇게 인사를 마치고 돌아가는 그롬씨의 뒷모습을 보니 왠지 모를 안도감이 느껴졌다. 처음 오는 마을에서 익숙해질 시간조차 갖지 못하고 바쁘게 보낸 하루인데 무언가 친밀감과 포근함을 느낀 것만 같다. 그렇게 간질간질한 마음을 갖고 뒤를 돌아 빌라에 들어갔다.

chapter.9 메모

빌라에 들어가자 바로 앞 카운터에서 기지개를 피며 하품하는 카테리나씨의 모습이 보였다. 당황하여 짧게 인사드리고 올라가려던 차에 카테리나씨께서 차분한 목소리로 말을 꺼내셨다.

"짐이 많네요. 조심히 올라가세요."

예상치 못한 카테리나씨의 말씀에 적잖게 당황하였다. 첫 만남부터 오늘 아침 출근길까지 주무시고 계시거나 비몽사몽한 상태일 때만 마주쳐 대화 한 번을 나눠본 적이 없었다. 갑자기 들려온 카테리나씨의 말씀에 당황이 섞인 웃음을 보이며 엘리베이터에 탔다.

3층에 도착하자 센서등이 켜지며 복도가 환하게 비춰졌다. 아무도 없는 복도였지만 이웃분들의 떠드는 소리와 텔레비전 소음이 조금씩 섞여 들어왔다.

방문을 열고 바로 침대 위로 풀썩 쓰러졌다. 아까까진 몰랐는데 방 안에 들어오자 갑자기 피로가 쏟아지는 것 같았다. 그렇게 누워서 잠이 들락말락 할 때 침대 위에 엎어져있는 보라색 보따리가 눈에 보였다. 너무 피곤하여 잠부터 잘까 싶었지만 그롬씨의 말이 떠올랐다. 부모님이 드림 빌리지를 궁금해 하실 거라는 말과 내가 직접 말씀 드리는 게 좋을 거라는 말을 봐선 아마 공중전화를 쓸 돈 이나 편지지가 뭉텅이로 들어있지 않을까 싶다. 무게도 꽤 나가는 걸 봐선 그롬씨께서 준비한 선물이라는 책도 두께가 있어 보였다.

그렇게 무거운 몸을 일으켜 보따리를 풀자 그 안엔 여러 무늬의 편지지와 편지 봉투, 각종 펜들이 조금 들어있었다. 편지지와 편지봉투를 들어 올리자 아래에 손바닥보다 조금 큰 다이어리가 있었다. 이게 말씀하신 선물이구나 싶어 펼쳐 보니 맨 앞장에 메모지가 붙어 있었다.

별 말 없이 그저 간단한 인사 몇 마디를 나눈 것 같은 말 들이 엄청나게 의지가 되는 것 같았다. 메모를 다 읽고 잠시 생각에 잠겨 있었다. 얼마 지나지 않아 다이어리와 편지지,

펜 몇 자루를 들고 작은 식탁에 고쳐 앉았다. 방 안에는 사각사각거리는 펜 소리와 시곗바늘소리 옆집의 소음이 작게 들려왔다. 창 밖을 보니 드림 빌리지에 어울리는 몽환적인 하늘이 눈에 들어왔다.

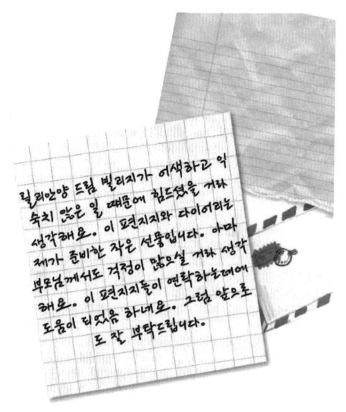

릴리안양 드림 빌리지가 어색하고 익숙치 않은 일 때문에 힘드셨을 거라 생각해요. 이 편지지와 다이어리는 제가 준비한 작은 선물입니다. 아마 부모님께서도 걱정이 많으실 거라 생각해요. 이 편지지들이 연락하는데에 도움이 되었음 하네요. 그럼 앞으로 도 잘 부탁드립니다.